Poésies présentées à l'Académie des Jeux Floraux

CONCOURS DU 3 MAI 1870

LA VEILLÉE D'ARMES

ROSES-COTTAGE

SELAM

SALUTANTI, SALUTEM

LA JEUNESSE DU CŒUR

UNE ABSENCE

SUR UNE TRESSE BLONDE

Par Louis SATRE

A St-Chamond (Loire).

SE VEND AU PROFIT DES PAUVRES

PRIX : 60 c.

A Saint-Etienne, chez M. Chevalier, libraire.
A Saint-Chamond, chez M. Bochu, libraire.

Poésies présentées à l'Académie des Jeux Floraux

CONCOURS DU 3 MAI 1870

LA VEILLÉE D'ARMES

ROSES-COTTAGE

SELAM

SALUTANTI, SALUTEM

LA JEUNESSE DU CŒUR

UNE ABSENCE

SUR UNE TRESSE BLONDE

Par Louis SATRE

A St-Chamond (Loire).

SAINT-ÉTIENNE

IMPRIMERIE DE Ve THÉOLIER ET Cie

1870

32964

LA VEILLEE D'ARMES

SONNET

En l'honneur de la Vierge.

———

Ense et lyrâ....

Vierge! je tiens l'épée, et je porte la lyre!
Je chante et je combats — et mon cœur en est fier —
Quand mon bras est armé, quand la Muse m'inspire,
Ode et glaive, souvent, jettent un double éclair!

Entends moi, Suzeraine, et daigne me sourire!
Je mets sur ton autel, ce faisceau qui m'est cher ;
A toi : pointe qui frappe, et corde qui soupire,
Je viens t'offrir mon luth, et te tendre mon fer!

Je suis à tes genoux... et j'incline ma tête...
Fais-moi ton chevalier — nomme-moi ton poëte —
Arme le paladin — bénis le troubadour —

Et j'irai par le monde... ô ma Reine, ô ma Dame,
Barde et Preux, combattant par l'hymne et par la lame,
Défendre ton saint nom, et chanter ton amour!

A MONSIEUR TERNAU-BEY, DE CONSTANTINOPLE.

—

ROSES-COTTAGE

C'est sa blanche villa, qui rit au sein des roses.

Comment? — vous, étranger aux rives du Bosphore —
Avez-vous su, franchir ce seuil hospitalier,
Et trouver, cette perle au pays de l'aurore,
Cette enfant, que l'Amour, a dû vous envier,

Cette femme aux doux yeux, dont l'amitié m'honore,
Que j'ai vue une fois et ne puis oublier...
Qui mit dans votre ciel, ce rayon qui le dore...
Et qui vous prit — là bas — votre cœur tout entier !

Comment avez vous fait? — je ne sais — mais je gage,
Qu'un soir... une Péri, passant sur le rivage...
Vous vit, et vous parla... d'elle... sa jeune sœur...

Puis, vous prenant la main — ses ailes étant closes —
Vous guida doucement... vers la Villa des Roses,
Ouvrit la porte... et dit : c'est là qu'est le bonheur !

A MADAME MARIE TERNAU-BEY, DE CONSTANTINOPLE.

SELAM

Doux langage des fleurs!

J'essayais un Selam — qui fut bien son image —
Rappelant, ses vertus, sa grâce et sa bonté —
Et les fleurs, au jardin, chantant sur mon passage,
Se penchaient, pour m'offrir leur charme ou leur beauté —

Grand émoi... pour choisir et corolle et feuillage,
Pour trouver un emblème.. à chaque qualité,
Et peindre, son esprit, son cœur et son visage...
— La Muse... m'épiant... riait à mon côté ! —

« Je veux t'aider — dit-elle — en sa joie enfantine :
« Prends d'abord, à mon sein, ce bouquet d'églantine ;
« Groupe autour : réséda, rose, pervenche et lis,

« Sensitive, bluet, jasmin et paquerette,
« Ajoute un lierre enfin, et termine, ô poëte.... »
— Moi, je mis un baiser... sur un myosotis ! —

A MONSIEUR JOSÉPHIN SOULARY.

SALUTANTI, SALUTEM

Memor et gratus

Mon luth s'éveille à peine... à peine je m'élance,
Vers les sentiers du beau, que ton pied sut gravir...
C'est l'aube... je prélude... et la route commence...
Et d'un salut, déjà, tu viens me réjouir !

Merci ! — car ton accueil, m'a remis en vaillance !
Va ! puisque à mes accords, tu veux bien applaudir,
Me verser, au départ, le vin de l'espérance,
J'irai.... chantant sans crainte, et marchant sans faiblir !

Et, qu'elle passe obscure... ou brillante de gloire ..
Ma Muse, dans son cœur gardera la mémoire,
Charmera, de ton nom, les échos du chemin,

Et redira toujours, aux haltes du voyage :
« C'est la première voix, qui m'a crié : courage;
« C'est le premier ami, qui m'a tendu la main ! »

A MONSIEUR L'ABBÉ GOURE.

LA JEUNESSE DU CŒUR

CHANSON.

Corde semper virides.

Laissons mes doigts, s'égarer sur ma lyre,
Je trouverai, peut-être, un doux refrain :
Amis, daignez m'inspirer d'un sourire,
Et les accords, vont jaillir sous ma main —
Déjà, s'éveille une note sonore...
Déjà, ce luth, prélude pour un chœur...
Ouvre tes bras, ô Muse, je t'implore,
Je viens chanter la jeunesse du cœur!

Oui, ces trois mots, sont un brillant poëme,

Plein du passé, riche de l'avenir ;

Oui — tout est là — c'est le trésor suprême,

Dépôt sacré, qu'on ne peut nous ravir —

Illusions, rêves et fantaisie,

Elans, transports, croyance, espoir, bonheur,

Ivresse, extase, amour et poésie,

N'êtes-vous pas, la jeunesse du cœur ?

C'est un printemps éclairé par l'aurore,

Une oasis, un phare, un talisman,

Un prisme, où tout se nuance et se dore,

Une féerie au frais enchantement,

C'est une voix, qui berce et qui console,

C'est de l'Eden, un reste de splendeur ;

C'est... ici même... une douce auréole...

Qui prouve, en vous, la jeunesse du cœur !

Pour admirer toutes les grandes choses,

Pour mieux sentir : le vrai, le bien, le beau,

Et dans la vie, effeuiller quelques roses,

En bénissant ce qui nous vient d'en-haut ;

Pour nous aimer, pour vaincre la souffrance,

Pour tressaillir à la gloire, à l'honneur,

Pour croire en Dieu, sourire à l'espérance,

Oh ! gardons bien la jeunesse du cœur !

Ne chassons point ce séduisant Génie,

Au front paré de myrte et de lilas,

Qui remplit l'air, de parfums, d'harmonie,

Et radieux, met des fleurs sous nos pas ! —

L'onde est plus fraiche, et la brise est plus douce,

Le ciel plus pur, l'écho plus enchanteur,

Et plus gaîment, on foule à deux la mousse,

Quand, chante en nous, la jeunesse du cœur !

Plaignons tous ceux, que l'égoïsme enchaîne,
Tous ces blasés, ces vieillards de vingt ans,
Tous ces cœurs froids, ou flétris par la haine,
Comme l'arbuste, au souffle des autans.
Oh ! si leur front, jamais ne s'illumine,
A ces grands mots : Patrie ! Amour ! Valeur !
Si rien ne bat, au fond de leur poitrine...
C'est qu'ils n'ont plus la jeunesse du cœur.

Vous, qui toujours, voulez sur cette terre,
Boire, à longs traits, aux coupes du plaisir,
Sachez qu'au fond, est une lie amère,
Et qu'ici-bas, le sort, est de souffrir !
Oui, cette vie, est un pélérinage,
Où chaque pas, heurte quelque douleur...
Mais pour tromper les peines du voyage,
Dieu nous donna la jeunesse du cœur.

Il faut planer au-dessus des cynismes,

Que les méchants, osent nous étaler ;

Il faut laisser tous ces tristes sophismes...

Tous ces drapeaux.... qu'on vient nous dérouler —

Pour l'idéal, oublions la matière,

Tournons les yeux vers un monde meilleur,

Faisons le bien, soulageons la misère,

Laissons fleurir la jeunesse du cœur !

Le temps, peut bien... neiger sur notre tête,

Le jour, baisser... et les rides, venir :

Qu'importe, amis, tant que l'âme est en fête,

Prendre des ans — non — ce n'est pas vieillir ! —

Ne cherchons point la fraîcheur du visage,

Voyons la flamme... et regardons l'ardeur...

Car je soutiens, que l'homme n'a pas d'âge,

S'il sent vibrer la jeunesse du cœur !

J'aime à vous voir, groupés dans cette enceinte,

Verre à la main — et cœurs à l'unisson —

Fêter, au choc de ce cristal qui tinte :

Douce amitié — vin vieux — jeune chanson —

Le bouchon part... le champagne s'élance...

La coupe, rit, à sa blonde liqueur ;

Buvons, amis... car le bon vin de France,

Épanouit la jeunesse du cœur !

A MADAME MARIE TERRAB-BEY, DE CONSTANTINOPLE.

UNE . ABSENCE

ODE.

Ma pauvre Muse, où donc es tu ?

I.

Viens ! je t'attends — viens, je t'appelle !

O ma Muse, prends ton essor,

Entends ma voix, ouvre ton aile,

Et descends dans un rayon d'or !

Vers toi je crie et je soupire,

Il me tarde de te revoir :

Mes doigts sont déjà sur la lyre...

Viens, Muse, oh ! viens à moi ce soir !

2

Voilà trois jours — qu'il t'en souvienne —

Oui.... trois grands jours — j'ai bien compté —

Que ton absence fait ma peine,

Qu'ici... je te cherche attristé !

Et pourtant — je me le rappelle —

Naguère, en ton départ soudain,

Dans un baiser, mon infidèle,

Tout bas, tu me dis : à demain.

N'est-ce pas l'heure accoutumée ?

L'heure, où prévenant mon désir,

Tu m'apparais prompte et charmée,

Toujours heureuse d'accourir ;

L'heure, où tes bras s'ouvrent d'eux-mêmes,

Pour me prendre et pour me bercer,

Où, dans tes yeux pleins de poèmes,

Je vois tous mes hymnes passer....

L'heure, où tu ris.... belle ingénue,

En t'abandonnant à nos jeux,

Qui font, sur ton épaule nue,

Se dénouer tes longs cheveux ;

Où, je ravis à ta tendresse,

Qui ne sait rien me refuser :

Une strophe... à chaque caresse,

Une rime..... à chaque baiser.

Viens ! tout est calme, tout repose...

Pas un murmure... pas un bruit...

Je suis seul, et ma porte est close,

C'est le silence ! c'est la nuit !

La brise, à ma fenêtre ouverte,

Balance les lilas flottants....

Et de cette pelouse verte,

Montent les parfums du printemps....

Viens ! tu feras, enchanteresse,

La nuit plus belle que le jour !

Ce soir, ma lèvre est à l'ivresse ..

Ce soir, mon cœur est à l'amour ..

Muse ! je t'aime, viens ma blonde,

Tu mettras ta main dans ma main,

Et tous deux, oubliant le monde,

Nous chanterons jusqu'au matin !

II.

Nous dirons — à la fantaisie —

Ou les moissons, ou les jardins,

Ou la ballade, ou l'élégie,

Ou les exploits des paladins ;

Nous irons ... du doux au sublime,

Passant des bergers aux héros,

Choisissant le Pinde ou Solyme,

Pour faire, à ton gré, des échos....

Et quand... tout au loin, dans l'espace,

Notre doux chant s'envolera :

Surpris.... le voyageur qui passe,

Pour l'écouter.... s'arrêtera !

Et de la plainte aérienne,

Dira — reprenant son chemin —

« C'est une harpe éolienne,

« Que visite un souffle divin ! »

En vain... pour tromper mon attente,

Je veux — étonnant ton retour —

Terminer l'idylle riante,

Que tu me dictais l'autre jour....

Je n'ai ni verve ni courage,

Je ne sais plus recommencer,

Les deux vers, que sur cette page,

Ta main, jadis, vint effacer.

Que puis-je hélas ! sans ton sourire,
Sans ton regard, sans ta beauté ?
Et que veux-tu que je soupire,
Si tu n'es plus à mon côté ?
N'as-tu pas emporté ma flamme,
Le feu sacré, la sainte ardeur :
Tout ce qui vibrait dans mon âme,
Tout ce qui chantait dans mon cœur !

Silence !.... un bruit... une ombre... une aile !
— Comme je sens battre mon sein —
Mais non... hélas ! ce n'est pas elle...
J'écoute encor... j'appelle en vain !
Ma lampe vacille mourante...
Et mon front retombe pensif...
Et ce luth... de ma main tremblante,
Glisse, en rendant un son plaintif !

III.

Pourquoi délaisser ton poëte ?
Pourquoi m'abandonner ainsi ?
Toute mon âme était en fête,
Tout mon cœur te disait merci,
Lorsque docile à ma prière,
Répondant au premier appel,
Tu m'arrivais joyeuse et fière,
Et pour moi, descendais du ciel !

Où donc s'en va la course errante ?
Où ton vol s'est-il abattu ?
Où plane ton aile brillante ?
Ma pauvre Muse, où donc es-tu ?...
Puisque tu ne sais plus m'entendre,
Puisque mon cri ne te dit rien,
Puisque tu ne peux plus comprendre,
Ma voix que tu connais si bien !

Quel Nouveau-Monde, ô bien aimée,

Quel Océan aux flots causeurs,

Quelle île verte et parfumée,

Quelle oasis aux fraiches fleurs,

Quel esquif cherchant une rive,

Quel astre égaré dans son cours,

Te charme et te gardant captive,

Te fait oublier nos amours?

Es-tu... dans la nuit des abimes?

Ou, sous les grands bois d'oliviers?

Sur la mousse des hautes cimes?

Ou, sur la neige des glaciers?

Ecoutes-tu — près des cratères —

Les sourds grondements d'un Etna:

Ou — dans les cieux — le chœur des Sphères,

Chantant l'éternel hosanna!

Peut-être, en ces lieux, douce Aimée,

Tu languissais trop à l'étroit...

Suffoquant dans notre fumée...

Pleurant sous un ciel triste et froid ;

Et frissonnante.... endolorie....

Muse amoureuse du soleil,

Tu pris l'essor vers ta patrie,

Pour revoir l'Orient vermeil !

IV.

L'Orient !.... ce mot m'illumine,

Comme une subite clarté...

Ah ! je comprends, ah ! je devine,

Et j'entrevois la vérité !

Maintenant, je n'ai plus de doute...

J'hésitais.... mais je suis certain :

Je sais le but, je sais la route,

Je sais où la trouver enfin.

Oh! n'es-tu pas vers le Bosphore,

Vers la cité des fiers sultans,

Vers ce doux pays de l'aurore,

Vers ces bords aimés du printemps :

Au penchant de cette colline,

Au sein de la blanche villa,

Qui dans ces roses se dessine,

O ma Muse, n'es-tu pas là ?

Dis-moi — là-bas, ce qui t'attire :

Ce n'est pas ce site enchanté,

Ces flots bleus, où Stamboul se mire,

Ni son soleil, ni sa beauté,

Ni ses kiosques, ni ses tartanes,

Dômes dorés, minarets blancs,

Harems fleuris, jeunes sultanes,

Ni ses palais étincelants.

C'est une perle de la plage,

Une Péri de l'Orient :

C'est une femme au doux visage,

A l'œil noir, au front souriant,

C'est une fille de l'Asie,

Brune enfant, que pour un matin,

Comme un rêve de poésie,

L'Amitié..... mit sur mon chemin.

Souvent, nous en parlions.... ma belle !

Et puis... tu voulus la revoir !

O bonheur ! te voilà près d'elle,

A ses côtés, tu viens t'asseoir :

Et tu lui dis de douces choses,

Sans te hâter de revenir,

En effeuillant avec ses roses,

Les chastes fleurs du souvenir....

Puisqu'il en est ainsi, mignonne,

Je m'explique ce long retard :

Et volontiers, je te pardonne,

Et ton absence et ton départ !

Va ! je t'aurais déjà suivie,

Heureux de partir et d'aller....

Si j'avais eu — moi qui t'envie —

Une aile aussi, pour m'envoler !

Vas-tu le soir, sur sa terrasse,

Provoquer son rire argentin,

Lui montrer l'étoile qui passe,

Le sylphe errant dans le jardin :

Ou la charmer, sur son caïque,

De mille contes merveilleux,

Et du langage symbolique,

De tes selams mystérieux ?

Songe à bercer ses rêveries,

Au chant de tes alexandrins....

Et fais lui voir les pierreries,

De tes poétiques écrins :

Tu le sais, elle aime la lyre, .

L'Art, en ses mains, mit un flambeau ;

Et dans ses grands yeux, on peut lire,

L'amour et le culte du beau.

Tout en lui rappelant la France...

Nos gais propos.... nos soirs d'été....

Dis-lui bien que j'ai souvenance,

De sa grâce et de sa bonté !

Dis-lui, mon amitié durable,

Mes vœux ardents, mon doux espoir :

Vœux de bonheur inaltérable,

Espérance de la revoir !

Ne vas pas, ô ma fugitive,

— On craint tout, quand on aime tant —

Attarder ton aile à la rive...

Délaisser celui qui t'attend !

Parmi ces soins et ces tendresses,

Près d'elle, assise à ce foyer,

Dans ces parfums et ces ivresses,

Muse, tu pourrais m'oublier....

Et quand de ce lointain voyage,

Auprès de moi, tu reviendras,

Rapporte au moins à ton corsage,

Une fleur éclose là-bas :

Rapporte une chanson joyeuse,

Un rayon de son beau soleil,

Un baiser de sa lèvre heureuse,

Qui soit pour mes vers.... un réveil !

A MA MÈRE.

SUR UNE TRESSE BLONDE

Poëme élégiaque.

Et noluit consolari....
S. MATHIEU.

Pour la revoir encor.... mes doigts l'ont déroulée,
Des plis du crêpe noir, qui la tenait voilée!
Elle est là dans ma main.... elle est là sous mes yeux....
Captive en un ruban, longue, douce, ondulée,
Etalant l'or bruni de ses anneaux soyeux!

Je t'embrasse à genoux, ô pauvre tresse blonde!
Précieux souvenir, gage d'un tendre amour,
Seul trésor, que ma mère en partant de ce monde,
Laissa dans ses adieux, à son enfant d'un jour!

Car elle est morte hélas! en me donnant la vie..
Je ne l'ai pas connue — et c'est là ma douleur —
Et sans pitié pour moi, Dieu, qui me l'a ravie,
Au front du nouveau-né, mit le sceau du malheur.

Oui, morte dans la fleur de sa belle jeunesse,
Si vite rappelée — ange élu pour le ciel —
Qu'elle n'eut pas le temps d'achever la caresse,
La seule, où j'ai reçu le baiser maternel.

Et ceux qui l'escortaient — la tristesse dans l'âme —
La menant de l'église, au champ des morts voisin,
Navrés de ce néant, répétaient : pauvre femme;
Emus de l'abandon, disaient : pauvre orphelin!

Avec le premier lait, j'ai bu trop de souffrance,
Pour oublier le fiel, que ma lèvre a goûté....
Et j'ai payé si cher, ce droit de l'existence,
Que je compte toujours, le prix qu'il m'a coûté.

O remords! ô pensée affreuse et déchirante!
Epouvante du cœur! amertume du sort!
Je suis donc né, pour faire une mère expirante :
Et j'entrai dans la vie, en apportant la mort....

Lorsqu'un père était là, dans un morne silence,
N'osant peser sa joie, ou mesurer son deuil :
Ni pleurer ce trépas, devant cette naissance;
Ni sourire au berceau, contemplant le cercueil.

Ah ! quand je porte ainsi, mon regard en arrière,
Je m'accuse moi-même, en frissonnant d'effroi...
Et je maudis le jour, où j'ai vu la lumière,
Et je crie éploré : ce malheur vient de moi !

Oui, ce remords m'obsède, et ce regret m'accable,
Cet éternel chagrin, m'est un pesant fardeau ;
La blessure est profonde, elle est inguérissable,
Et je l'emporterai toute entière au tombeau.

Etonnez-vous encor, si je vais... pâle et sombre,
Abattu, chancelant, courbé sous mon destin,
Passant dans cet exil.... tout effrayé de l'ombre,
Que le bras du Seigneur, jeta sur mon chemin.

Mère ! j'ai tant pleuré sur cette heure fatale !
Entends-moi, je t'en prie, et pardonne d'en haut :
Pardonne à ton linceul, ma robe baptismale;
Mon aurore, à ta nuit; ta tombe, à mon berceau !

3

Pourquoi me laisser seul, en ce lieu de misère?
Pourquoi ne pas me prendre en ton vol triomphant?
Me placer sur ton cœur, en quittant cette terre,
Et dans tes bras fermés, emporter ton enfant....

Je t'embrasse à genoux, ô pauvre tresse blonde!
Précieux souvenir, gage d'un tendre amour,
Seul trésor, que ma mère en partant de ce monde,
Laissa dans ses adieux, à son enfant d'un jour!

Que je te presse encor, sur mes lèvres avides...
Cherchant partout, la place où s'égaraient ses doigts;
Retrouvant, en les plis — de mes larmes humides —
Une vague senteur des parfums d'autrefois!

Car c'est là, voyez-vous, tout ce qui me vient d'elle:
Je n'ai rien autre hélas! — le reste est dispersé —
Rien — pas même un portrait — que le Temps, de son aile,
Ait dans sa course impie, aux trois-quarts effacé.

Mais on m'a tant de fois, raconté son visage,
Peint sa taille et son port, dit son geste et sa voix,
Que je puis en tracer une fidèle image,
Et telle, qu'en mes nuits, par moments je la vois.

Dans mes rêves, souvent, elle vient.... elle passe....
Blonde, grande, timide et pleine de douceur,
Frêle, mélancolique, et touchante en sa grâce,
Avec l'attrait charmant, que donne la pâleur.

Et chaque fois, qu'ainsi m'apparaît la chère ombre,
Rayant l'obscurité d'un sillon lumineux :
Mon matin est moins triste, et mon jour est moins sombre,
Et je vois m'arriver quelque chose d'heureux.

Elle allait, ici-bas, loin des sentiers du monde,
Humble, cachant sa vie, inclinée au devoir;
Pour raffermir encor, sa piété profonde,
Tournant son âme au ciel, et vers Dieu son espoir.

Elle était simple, affable, et rêveuse et craintive,
Ne croyant pas au mal, et ne sachant qu'aimer,
Tendre, sensible enfin comme une sensitive,
Qu'une abeille effarouche, et fait se refermer.

Sa bonté se voyait, à travers son sourire :
Et riche de vertus, elle faisait le bien,
Les malheureux, jadis, ont seuls pu le redire ;
Ce qu'une main donnait — l'autre n'en savait rien.

— Maintenant, par la femme, appréciez la mère ! —
Pour moi, devant le sort, je reste confondu...
En contemplant, penché sur ma souffrance amère,
Tout ce que j'avais là... tout ce que j'ai perdu....

Oh ! dites... quel trésor de joie et de caresses,
Quel mirage enchanteur, sous les yeux éblouis,
Quel long ravissement d'ineffables tendresses,
Et quels rayons divins, se sont évanouis !

Hélas ! j'aurai vécu, pauvre enfant solitaire,
Sans avoir eu ma place, à cet heureux banquet :
Et du seul pur amour, qu'on goûte sur la terre,
Je n'aurai donc rien su... si ce n'est, le regret !

Ainsi Dieu l'a permis — sa volonté soit faite —
Lui, qui sonde les reins, a vu mon cœur saigner,
Il sait par quel effort, j'ai pu courber ma tête...
Mais je me suis soumis.... je dois me résigner !

Je t'embrasse à genoux, ô pauvre tresse blonde !
Précieux souvenir, gage d'un tendre amour,
Seul trésor, que ma mère en partant de ce monde,
Laissa dans ses adieux, à son enfant d'un jour !

Sous le charme puissant, qui m'attire sans cesse,
Je reste auprès de toi... perdu... troublé... pensif...
Je revois mon enfance... et toute ma jeunesse,
S'éveille à tes côtés, jetant un cri plaintif....

Un jour — il est bien loin — j'avais neuf ans à peine,
Ennuyé d'être seul, fatigué de mes jeux,
Je trouvai.... furetant.... certain coffret d'ébène,
D'où ma main retira la natte aux doux cheveux.

Pour la première fois, je voyais cette tresse,
Pourtant, je fus saisi... je m'arrêtai songeur...
J'éprouvai, je ne sais quelle vague tristesse...
Et le sang de ma joue, afflua vers mon cœur.

Soudain, dans mon esprit — expliquez ce mystère —
Comme un trait lumineux, jaillit pour m'éclairer,
Quelque chose me dit : cela vient de ta mère....
Et brisé de sanglots.,. je me pris à pleurer.

O sympathique effluve!... ô secrète influence!...
Pressentiments, lueurs, murmures émouvants....
Vous êtes les anneaux, de cette chaîne immense,
Qui va, d'un monde à l'autre.... et des morts aux vivants.

Je compris, tout-à-coup, et malgré mon jeune âge :
Et l'absence., et le vide... et le mot d'orphelin...
Et comme on voit le ciel s'assombrir sous l'orage,
L'obscurité se fit, sur mon riant matin.

Dès ce jour, m'est venu cette mélancolie,
Qui fait pencher ma tête, et voile mon regard :
Tristesse, que les ans n'ont jamais affaiblie,
Et qui pourra se lire... aux rides du vieillard.

Dès ce jour -- bien souvent — j'allai, seul, en cachette,
Glissant à pas furtifs, vers ce nouveau trésor,
Goûter l'amer plaisir de ma peine secrète,
Revoir et contempler, la tresse aux cheveux d'or.

Et ce devint, plus tard, une douce habitude,
— Tant, mon cœur subissait l'attrait mystérieux —
D'y chercher un instant de grave solitude,
Dans les jours de chagrin, et dans les jours heureux.

Oh! que d'heures, ainsi, près d'elle j'ai passées,
Immobile, attendri, silencieux, rêveur....
Il me venait alors, les plus douces pensées...
Et quand je la quittais, je me sentais meilleur...

C'est là, qu'un soir, plongé dans ma douleur muette,
Sous un souffle inconnu, qui me fit tressaillir,
Je sentis s'éveiller mon âme de poète,
Et vis, baigné de pleurs, mon premier vers fleurir.

A toi donc ce poème, ô mère, ô sainte femme,
Et tout ce que tu mis de poésie en moi!
Amour, foi, sentiment, honneur, lumière et flamme,
Tout ce que j'ai de bon... je l'ai reçu de toi!

Puisse, mon chant plaintif, en éveillant ta cendre,
Dans le fond de la tombe, aller te réjouir,
Murmurant — qu'à jamais — ton fils pieux et tendre,
Comme un culte sacré... garde ton souvenir!

Je t'embrasse à genoux, ô pauvre tresse blonde !
Précieux souvenir, gage d'un tendre amour,
Seul trésor, que ma mère en partant de ce monde,
Laissa dans ses adieux, à son enfant d'un jour !

Pauvre femme ! — J'ai su cette navrante histoire —
Et ses derniers moments m'ont été racontés ;
J'ai gravé dans mon cœur, comme dans ma mémoire,
Tous ces tristes détails, bien souvent répétés —
On m'a dit, qu'à l'instant qui suivit ma naissance,
Elle sentit ses yeux, tout-à-coup s'obscurcir...
Et, prise de vertige... entrant en défaillance...
Elle comprit bientôt, qu'il lui fallait mourir....
Elle s'y prépara, résignée et chrétienne,
Peu surprise — ayant eu de noirs pressentiments —
Et, confiante au ciel, elle resta sereine,
Pour consoler chacun, oubliant ses tourments —
Sa souffrance, pourtant, de pleurs était suivie...
Tant l'amour maternel, allait au nouveau-né ;

Puis, elle se prenait à regretter la vie....
En pensant au berceau, par elle abandonné....

Le soir du lendemain, pâle, faible, amaigrie,
Elle appela mon père, et lui prenant la main,
Elle lui dit ces mots, d'une voix attendrie :
« Adieu — je vais partir — je le sens — c'est la fin —
« Car j'ai froid... et mes yeux se troublent davantage....
« Je te laisse l'enfant — il sera ton soutien —
« Aime-le — prends en soin — rends le bon — fais le sage,
« Qu'il craigne le Seigneur, et pratique le bien —
« Déjà nous séparer — Oh ! la mort est amère...
« Je le quitte à regrets, lui, je disais... vous deux —
« Mais souvent, entends-tu, parle-lui de sa mère —
« Et puis... je veillerai sur lui, du haut des cieux !

.   .   .   .

« Quand je ne serai plus... coupe, ici... cette tresse,
« Ne t'en sépare pas, — garde la pour l'enfant —
« Elle est pour lui, vois-tu — fais m'en bien la promesse —
« Tu la lui donneras, lorsqu'il sera plus grand —
« C'est là, mon souvenir — à ce cher petit être —
« Qui lui dira plus tard, lui parlant d'aujourd'hui,

« Que celle, qui l'aimait, et qu'il n'a pu connaître,
« En ses derniers moments, pensait du moins à lui...

Comme elle s'arrêtait, pour reprendre courage,
Un étrange frisson, sur son corps vint courir....
Une froide sueur, inonda son visage....
Elle se recueillit... sentant la mort venir —
Et soudain, rappelant sa force chancelante,
Dans un suprême effort, soulevée à demi,
Elle continua, d'une voix faible et lente :

« Il lui reste un bon père ! — Adieu, mon pauvre ami...
« Ecoute — un mot encore — une dernière grâce —
« Apporte-moi l'enfant — allons ne pleure pas —
« Donne — je le tiendrai — donne que je l'embrasse —
« Viens là — je n'y vois plus — place-le dans mes bras —

. . . .

Alors, elle étendit ses mains déjà glacées....
Me reçut doucement.... m'attira sur son cœur....
Resta, quelques instants, perdue en ses pensées....
Sans doute, offrant à Dieu, sa dernière douleur !

Puis, elle me bénit d'une voix défaillante,
Sur sa joue enfiévrée, une larme coula...
Elle chercha mon front, d'une lèvre tremblante...
Et, dans ce doux baiser... son âme s'envola !

Je t'embrasse en pleurant, ô pauvre tresse blonde !
Précieux souvenir, gage d'un tendre amour,
Seul trésor, que ma mère en partant de ce monde,
Laissa dans ses adieux, à son enfant d'un jour !

Saint-Etienne, Imprimerie veuve Théolier et Cᵉ